ENCONTROS FOLCLÓRICOS DE BENITO FOLGAÇA

ALEXANDRE DE CASTRO GOMES

ilustrações de SAMUEL CASAL

© EDITORA DO BRASIL S.A., 2015
TODOS OS DIREITOS RESERVADOS
Texto © ALEXANDRE DE CASTRO GOMES
Ilustrações © SAMUEL CASAL

Direção executiva: MARIA LÚCIA KERR CAVALCANTE QUEIROZ

Direção editorial: CIBELE MENDES CURTO SANTOS
Gerência editorial: FELIPE RAMOS POLETTI
Supervisão de arte e editoração: ADELAIDE CAROLINA CERUTTI
Supervisão de controle de processos editoriais: MARTA DIAS PORTERO
Supervisão de direitos autorais: MARILISA BERTOLONE MENDES
Supervisão de revisão: DORA HELENA FERES

Coordenação editorial: GILSANDRO VIEIRA SALES
Assistência editorial: PAULO FUZINELLI
Auxílio editorial: ALINE SÁ MARTINS
Coordenação de arte: MARIA APARECIDA ALVES
Produção de arte: OBÁ EDITORIAL
   Edição: MAYARA MENEZES DO MOINHO
   Projeto gráfico: CAROL OHASHI
   Editoração eletrônica: CAROL OHASHI E RICARDO PASCHOALATO
Coordenação de revisão: OTACÍLIO PALARETI
Revisão: ANDRÉIA ANDRADE
Coordenação de produção CPE: LEILA P. JUNGSTEDT
Controle de processos editoriais: BRUNA ALVES

Dados Internacionais de Catalogação na Publicação (CIP)
(Câmara Brasileira do Livro, SP, Brasil)

Gomes, Alexandre de Castro
Encontros folclóricos de Benito Folgaça/Alexandre de Castro Gomes ; ilustrações de Samuel Casal. – São Paulo: Editora do Brasil, 2015. – (Série todaprosa)

ISBN 978-85-10-06020-2

1. Contos - Literatura juvenil 2. Folclore – Literatura juvenil I. Casal, Samuel. II. Título. III. Série.

15-05663   CDD-028.5

Índice para catálogo sistemático:
1. Literatura juvenil   028.5

1ª edição / 1ª impressão, 2015
Impresso na Intergraf Indústria Gráfica Eireli

Rua Conselheiro Nébias, 887 – São Paulo/SP – CEP 01203-001
Fone (11) 3226-0211 – Fax (11) 3222-5583
www.editoradobrasil.com.br

**PARA O MEU AFILHADO
GABRIEL, O SORTUDÃO.**

SUMÁRIO

PRÓLOGO **7**
PISO NO SEU PEITO E TE SUFOCO NO LEITO **9**
ARRANCO SUA LÍNGUA E TE DEIXO À MÍNGUA **15**
SEU CRÂNIO EU QUEBRO E CHUPO
O CÉREBRO **21**
MINHA MALDIÇÃO ME DEU UM CABEÇÃO **27**
UM PEDAÇO DE CORPO DE QUEM
JÁ ESTÁ MORTO **33**
SÓ MORRIA QUEM NÃO SORRIA **39**
COM OFERENDA NÃO TEM REPRIMENDA **47**
UM SER VIOLENTO QUE CHEGA
COM O VENTO **55**
QUE OBRA É ESSA? UMA É BOA
E A OUTRA É MÁ À BEÇA **61**
QUEM É TRAVESSO PAGA UM ALTO PREÇO **69**
VACILE UM SEGUNDO E TE LEVO PRO FUNDO **75**
O SANGUE DO IMPRUDENTE ALIVIA O DIA
QUENTE **83**
EPÍLOGO **91**

PRÓLOGO

Meu pai me deu o nome do meu avô Jurandir. Não conheci o velho. Ele morreu quando papai ainda era menino. Cresci em uma fazenda repleta de histórias lá pros lados de Taubaté. Minha mãe, Abigail, e minha irmã, Maria Filomena, ainda vivem no antigo casarão branco de janelas azuis cercado pelo laranjal.

As verdades da minha infância ficaram mais distantes depois que fui fazer faculdade em São Paulo. Viraram causos. Narrativas de matutos para enganar crianças e gente da cidade grande. Eram recontos do velho Genaro, relatos do vizinho Feliciano e encontros folclóricos do Benito Folgaça.

Ontem enterramos meu pai. Seu corpo pálido foi encontrado há dois dias, perto da margem ressecada de um riacho, outrora caudalosa torrente, que corta nossa propriedade. Passei as últimas horas pensando nas noites de chuva da fazenda, quando nos reuníamos na grande mesa da cozinha para descascar e comer tangerinas colhidas do pé. Foram nessas ocasiões que conheci a Comadre Fulozinha, a Maria Caninana, o Ipupiara e o Romãozinho, entre outras criaturas fantásticas e pouco conhecidas.

Se as histórias que contarei agora aconteceram ou não, cabe a vocês decidirem. Meu pai jurava ser tudo verdade. Eu já acreditei piamente. Depois não. Agora não tenho mais certeza de nada.

PISO NO SEU PEITO E TE SUFOCO NO LEITO

O FATO OCORREU HÁ MUITOS ANOS EM UMA PEQUENA CIDADE RURAL DO INTERIOR DE MINAS. ERA UMA CASA SIMPLES DE DOIS CÔMODOS CAIADOS: UMA SALA COM COZI

O FATO OCORREU HÁ MUITOS anos em uma pequena cidade rural do interior de Minas. Era uma casa simples de dois cômodos caiados: uma sala com cozinha integrada e um quarto. O banheiro ficava do lado de fora. Jurandir Folgaça, um jovem viúvo de 29 anos, vivia com seu filho Benito, de 8, nove galinhas e um vira-lata velho. O sujeito trabalhava o dia inteiro na lavoura enquanto o menino cuidava da casa e alimentava os animais. Era uma vida dura e sem luxos, mas os dois pareciam felizes.

Certa manhã, Jurandir acordou terrivelmente cansado e reclamou de um pesadelo que não o deixou dormir direito. Após o batente, retornou exausto e só teve tempo de tomar banho, jantar e ir para a cama. O mesmo aconteceu durante meses a fio. O homem vivia como um morto-vivo, de mau humor e sem disposição para nada. Benito pediu que o pai lhe contasse sobre o que pesadelava, mas ele se recusava a comentar o assunto.

Jurandir acabou morrendo durante a noite. No dia seguinte ao enterro, sua irmã apareceu. Benito passou a dividir a pequena casa com a tia Lucília, seu marido, José, e o primo surdo, Uilso. O casal dormia no quarto e os meninos em colchonetes na sala.

Passados alguns meses, Benito teve um sonho horroroso. Nele, uma velha magra e descabelada, de nariz grande, queixo proeminente, mãos furadas, grandes unhas sujas, dentes verdes e olhos vermelhos, gargalhava de um jeito sinistro enquanto pisava em seu peito com tanta força que o garoto ficava quase sem ar, paralisado e indefeso.

A Pisadeira, como assim se anunciou a mulher, clamava ter matado o pai de Benito e que faria o mesmo com ele. O menino tentava mover o braço e empurrá-la para longe, mas não conseguia. Passava a noite inteira tentando respirar.

Benito recebia a visita daquele ser repugnante diariamente. Tudo acontecia sempre do mesmo jeito. Os meninos jantavam e iam dormir. Quarenta minutos depois, tempo mais do que necessário para que ele já estivesse pregado de sono, ela chegava silenciosamente e pisava em seu peito com tanta força que Benito despertava imóvel. A criatura fazia um monte de ameaças até que o galo cantasse. Só então ela saía de cima do garoto e ia embora.

As tarefas mais simples passaram a ser realizadas de qualquer maneira. O menino cochilava em pé enquanto regava a pequena horta. Esquecia de alimentar as galinhas, que deixavam de colocar os ovos. O cachorro vivia cheio de carrapatos. Os tios repreendiam e castigavam o sobrinho pelos descuidos. Sua vida passou a ser um inferno.

Uma vez deitou-se e fingiu estar dormindo. Ouviu barulhos no telhado. Foi aí que ele descobriu que aquilo não poderia ser um simples pesadelo. A criatura entrou na casa de mansinho, aproximou-se do garoto e pisou em seu peito. Começava então a sessão de tortura, com impropérios e xingamentos que duravam até o dia seguinte. Uilso, que dormia ao lado, não via nem ouvia nada (até porque era surdo). O único que percebia algo errado era o cão. Mas por mais que latisse e rosnasse, nada acordava os outros membros da família. Benito queria contar aos tios o que acontecia, mas, se assim o fizesse, a Pisadeira os mataria, conforme prometera.

Aos poucos, porém, Benito foi percebendo um padrão. Notou que quando se deitava de lado, nada acontecia. Era necessário que estivesse de barriga para cima. Outras vezes o menino ia para cama sem jantar. Novamente nada acontecia. No entanto essa estratégia nem sempre funcionava. Por mais que deitasse de lado, acabava se virando durante o sono, e lá estava ela pisoteando-o, alimentando-se de seu medo e tornando-o incapaz de reagir devido ao cansaço.

Com 9 anos fugiu de casa com o cachorro. Nunca mais ela o incomodou. Nunca mais viu os tios. Ele esperava que todos deixassem aquele lugar amaldiçoado.

ARRANCO SUA LÍNGUA E TE DEIXO À MÍNGUA

O MENINO E SEU CACHORRO SE ASSUSTARAM COM O BARULHO QUE VEIO DA MATA FECHADA. O ...HARAM EM DIREÇÃO A FLORESTA, QUE COMEÇAVA ATRÁS DO PONTO DE

O MENINO E SEU CACHORRO SE

assustaram com o barulho que veio da mata fechada. Olharam em direção à floresta, que começava atrás do ponto de ônibus coberto onde se abrigavam, e ouviram o que seria uma luta com rugidos altos e violentos. Benito, o garoto, apavorou-se e fez sinal para um par de faróis que se aproximava lentamente pela rodovia. Conseguiu a carona apesar do mascote pulguento. Pouco tempo depois, ambos caminhavam pela rua principal de uma cidadezinha no sertão do Araguaia. O sol começava a desvendar os cantos, antes aprisionados pela penumbra, refletindo as gotas de orvalho que douravam as plantas e veículos do lugar.

O padre da cidadezinha saiu cedo da igreja e atravessou a rua em direção às lojas da praça. Há anos, desde que foi designado para aquela paróquia, mantinha a mesma rotina. Às 5h45 batia na porta dos fundos da padaria. Às 5h50 já estava voltando com quatro pães quentinhos, duzentos gramas de queijo prato e um litro de leite nas mãos. Às 6h00 dava sua primeira mordida no sanduíche sentado à mesinha da sacristia.

Dessa vez não foi isso que aconteceu. Às 5h53 o padre Enrico tropeçou em um cachorro que apareceu subitamente em uma esquina.

Uma semana depois lá estava Benito vestido de coroinha e ajudando na missa das 8h00. Depois do serviço, quando todos já haviam se retirado, sentou-se em um dos bancos e folheou um jornal local abandonado por um fiel da paróquia. Logo na primeira página havia a imagem de uma onça encontrada morta nas terras de um cidadão da região. O menino reconheceu o ponto de ônibus que aparecia no fundo da fotografia. Ele estivera lá.

A manchete dizia que o Arranca-línguas havia atacado novamente. Dessa vez foi uma onça, mas entre suas vítimas já houve cabras, bois, carneiros, cavalos, porcos e até gente. Padre Enrico contou-lhe que tal criatura era temida na região. Do pouco que se tinha conhecimento, sabia-se que atacava à noite e matava suas vítimas a pancadas. Os rumores diziam que o bicho era grande, peludo e forte (Devia ser mesmo, afinal quem encararia uma onça sem uma arma?) e que possuía garras afiadas que o ajudavam a cortar a língua de quem encontrasse pela frente. Era melhor todos terem cuidado.

Passaram-se meses sem mais notícias do monstro, e Benito apagou aquele episódio de sua memória. Agora tanto o menino quanto o cão estavam totalmente habituados à cidade. Ambos dormiam na igreja, graças à bondade e generosidade do padre Enrico, e, quando não estava de serviço, saíam para passear.

O menino decidiu aproveitar um fim de tarde abafado para dar um mergulho em um pequeno açude nas imediações da cidadezinha. Depois do banho deitou-se na relva ao lado do seu cachorro e resolveu descansar um pouco antes de voltar para a igreja. Adormeceu. Acordou com seu cão latindo. Abriu os olhos e notou já ser noite. "O padre Enrico vai ficar chateado por eu não tê-lo ajudado com a missa", foi a primeira coisa que pensou. O mascote continuava a latir. Benito aguçou a vista e entendeu o motivo.

Do outro lado do açude estava um animal como o menino nunca vira antes. O bicho era enorme, parecia ter quase 3 metros de altura. Tinha a aparência de um gorila gigantesco e musculoso, embora andasse ereto como um ser humano. Benito notou que a criatura de longos pelos negros não pulou na água para atravessar o açude. Ao invés disso, começou a contorná-lo para encontrá-los na outra extremidade. O garoto rapidamente mergulhou para tentar se proteger. Chamou o cão, mas ele quicava de um lado para o outro com medo da água. Não havia outra saída, já que atrás dos dois crescia uma rocha íngreme e lisa. Acuado, o bichinho avançou na criatura.

Benito só pôde gritar quando o Arranca-línguas deu um murro forte no velho amigo, que tombou sem um ganido. O assassino agachou-se ao lado do corpo do cachorro e abriu seu focinho. Depois enfiou os dedos dentro da boca do cão e cortou sua língua fora. Zombeteiro, colocou-a entre os dentes e olhou mais uma vez para o menino no açude. Exibiu suas garras afiadas como se o desafiasse. Benito permaneceu imóvel. Após alguns minutos de urros e ameaças, a criatura acabou sentando à espera que o garoto saísse da água. O frio durou menos de uma hora, mas o terror se acomodou por mais tempo em sua alma. Finalmente o monstro levantou-se e farejou o ar. Alguma coisa parecia mover-se em meio às árvores. O Arranca-línguas olhou uma última vez para Benito e voltou para a mata fechada, em busca de uma nova presa.

O vislumbre da morte do cão aterrorizou seu coração, mas também o preencheu com uma raiva que nunca sentira antes. Ele sabia que, se permanecesse naquela cidade, acabaria arriscando a própria vida para se vingar daquela criatura infernal. Era melhor ir embora. Talvez voltasse quando estivesse mais velho e forte. Atordoado pelos acontecimentos, o menino não chegou a se despedir do padre Enrico e partiu com a roupa do corpo.

SEU CRÂNIO EU QUEBRO E CHUPO O CÉREBRO

BENITO ACORDOU COM O CANTAR

do galo. Olhou em volta e viu que os outros ainda dormiam. Não tinha por que reclamar, afinal sábado era seu dia de ordenhar as três vacas da fazenda-modelo.

O garoto de 12 anos se levantou e foi ao banheiro passar uma água no rosto e dar uma bela escovada nos dentes. Assim que terminou, saiu e tomou o caminho do curral. Olhou para o céu e calculou ser 5 horas da manhã. "Esse galo tá com defeito. O sol nem apareceu ainda...", pensou enquanto procurava os baldes de plástico. Segura daqui, puxa dali e pronto. "Leite quente dói o dente da gente", brincou.

Benito Folgaça levou os baldes cheios até a cozinha e aproveitou que já estava acordado para alimentar as galinhas e dar "bom dia" ao Rufino, seu cavalo favorito.

A fazenda modelo era uma iniciativa da prefeitura local, para onde eram encaminhados os meninos delinquentes, mas de boa índole, que eram pegos fazendo besteira naquela cidade do estado do Maranhão. Benito foi levado depois de furtar um pacote de biscoitos de uma mercearia da região. Como não tinha família, resolveram mandá-lo para lá até que fosse adotado por alguém. Dois anos se passaram e ninguém se dispôs a adotar o moleque. Ele não se importava. Gostava do lugar. Gostava dos bichos. Fez amigos, entre eles o menino Timóteo, dois anos mais velho, e Inaço, o administrador. Na Fazenda Artur Azevedo viviam 14 crianças e 4 adultos.

Depois de cumprimentar Rufino, Benito virou-se para voltar para a casa quando ouviu os miados desesperados de Titica, a gata que morava no estábulo. Ao chegar perto de sua caixa, notou um rombo na parede de madeira dos fundos e dois filhotes mortos jogados no chão. Algum bicho atacou e matou os gatinhos. Hora de acordar o Inaço.

"Isso é obra do Capelobo!", Inaço pensou e imediatamente reuniu os outros dois homens, Fernando e Lourival, e, com a garrucha na mão, foi investigar o local do ataque. Do buraco no estábulo dava para avistar a mata que ficava logo adiante. No caminho via-se marcas redondas no chão. Eram as pegadas da criatura, que possuía cascos no formato de fundos de garrafa. Benito ficou com Dona Rosa, a cozinheira, que o impediu de acompanhar os adultos na caçada perigosa. A essa altura, as outras crianças também haviam acordado e estavam todas na copa tomando o leite ainda morno. A velha moradora da região aproveitou para alertar as crianças sobre o Capelobo.

"Vocês fiquem longe desse bicho perigoso. Ouvi falar que é forte, gordo e peludo e que mede mais de dois metros de altura.

Dizem por aí que ele tem uma fome inesgotável e usa seu focinho de tamanduá para chupar cérebros. Para isso o Capelobo imobiliza a coitada da vítima com um abraço e pressiona, com a ponta da tromba, seu cocuruto. A pressão é tão grande que ela fura o crânio como se fosse casca de ovo. O monstro anda sobre duas pernas e é rápido pra chuchu. Reza a lenda que a única forma de matá-lo é atirando em seu umbigo.

As crianças menores tremiam de medo. Rosa quis garantir que ninguém sairia de perto dela, mesmo que para isso tivesse que aterrorizar a molecada. Mas o plano não deu totalmente certo. Benito não conseguia parar de pensar no perigo que seu amigo Inaço estava correndo. O menino cochichou no ouvido de Timóteo e, quando Dona Rosa virou as costas, os dois saíram de mansinho.

Não foi difícil descobrir para onde Inaço se encaminhou. Bastava seguir as pegadas de garrafa na terra ainda úmida pelo sereno. Os dois meninos cataram pedrinhas para seus estilingues enquanto rastreavam o monstro. Depois de 20 minutos, ouviram um grito medonho vindo de trás de um monólito. Uma fedentina terrível ajudou a denunciar a localização do bicho. Ao contornarem a pedra deram de cara com a cena: uma criatura gorda e peluda com cara de tamanduá segurava uma pedra na altura do umbigo enquanto Inaço e seus homens apontavam suas garruchas. A chegada dos meninos acabou distraindo os homens. O Capelobo aproveitou para jogar a pedra em Fernando, derrubando sua arma. Antes que o bigodudo se recompusesse, o bicho já o estava abraçando e encostando a ponta de sua tromba no topo de sua cabeça, protegendo seu umbigo com o corpo da vítima.

Benito correu e, sem pensar nas consequências, pulou nas costas da enorme criatura fedida, segurando sua tromba com as duas mãos e impedindo-a de encostar na cabeça de Fernando. Enquanto isso, Timóteo agarrou as pernas do monstro para tolher-lhe os movimentos. O Capelobo passou a se contorcer para se livrar dos garotos.

– Sai pra eu não te acertá! Sai pra eu não te acertá! – Inaço repetia sem parar. Mas cadê que dava? Se Benito soltasse a tromba, seria jogado longe. Acabou escorregando e caindo em cima de Timóteo, libertando o monstro.

BAM! – Inaço acertou o umbigo do Capelobo.

Tarde demais. A tromba encostara na cabeça de Fernando. Ambos caíram mortos no chão.

Inaço não deu bronca nas crianças. Nem deu tempo. O homem correu para tentar conter o sangramento do amigo. Foi um esforço inútil.

A última coisa que Benito se lembrava era de chegar à fazenda e ouvir o choro desesperado de dona Rosa. No dia seguinte, carregados de remorso, Benito e Timóteo fugiram da Fazenda Artur Azevedo e não foram mais vistos.

MINHA MALDIÇÃO ME DEU UM CABEÇÃO

ERA MANHÃ ZINHA DE SÁ BADO E BENITO FOLGAÇA CAMINHAVA POR UMA ES TRADINHA QUE MARGE AVA O RIO PAR NAÍBA, NO PI AUÍ. A CAMI NHO DE UMA

ERA MANHÃZINHA DE SÁBADO

e Benito Folgaça caminhava por uma estradinha que margeava o rio Parnaíba, no Piauí, a caminho de uma padaria do vilarejo, quando ouviu um gemido vindo de trás de algumas folhagens. Após chegar perto e afastar a vegetação, descobriu uma moça muito machucada e em estado de choque.

O menino de 13 anos trouxe a jovem para longe da água. Aos poucos, Maria – era esse o nome da moça batizada em homenagem à Nossa Senhora – foi se recuperando. Ela começou a perguntar pelo namorado com insistência. Disse que ambos saíram de barco para namorar sob a lua cheia na noite anterior e que, ao tentar se desviar de uma enorme rocha arredondada no meio do rio, esta se levantou e derrubou o barco. Era o Cabeça de Cuia.

Maria começou a ficar muito agitada e a dizer que o Cabeça de Cuia quase a afogou e a devorou. Em meio a seu desespero, pediu que Benito localizasse Mundinho, seu namorado. O menino se levantou e observou o entorno, mas não viu ninguém.

— Quem é o Cabeça de Cuia? — perguntou à menina atormentada.

A moça contou a história que conheceu pela mãe há muitos anos. A mesma que sua avó contou à sua mãe quando ela era pequena.

— Há muito tempo havia uma humilde família de pescadores. Pai, mãe e filho viviam bem, apesar das dificuldades. Um dia a mulher, que também se chamava Maria, adoeceu, e o menino magrelo de longos cabelos escorridos passou a ajudá-la nas tarefas domésticas enquanto o marido saía para pescar o sustento. Funcionou bem até a morte do pai. A situação que já era difícil ficou pior. Crispim, o filho, ficou sobrecarregado. O rapaz assumiu a vara de pesca e, apesar de não ser tão bom pescador, sempre conseguiu trazer algum pequeno bagre ou outro peixe miúdo para casa. Sua mãe andava pela cidade pedindo esmolas. De vez em quando trazia um pedaço de pão ou alguns cajus para completar a refeição. Certa vez Crispim foi a uma de suas pescarias, mas não pescou nem um lambari. O rapaz estava frustrado e esfomeado. Ao retornar para casa, descobriu que sua mãe também não havia conseguido nada além de um osso de canela de boi, com o qual estava cozinhando uma sopa. Então, em um acesso de raiva por conta da vida miserável que tinha, brigou com a mãe e terminou por golpeá-la na cabeça com o osso da sopa. A mulher morreu. Mas antes disso rogou uma praga: a cabeça do filho incharia de remorso. Ele passaria a viver no lodo dos rios até o dia que matasse e

devorasse sete mulheres virgens de nome Maria. Crispim enlouqueceu com a maldição. Sentindo sua cabeça latejar, correu para o rio Parnaíba e desapareceu.

Maria, a moça machucada que Benito encontrou, voltou a afirmar que o Cabeça de Cuia tentara devorá-la. Aos prantos, ela arrependeu-se de não acreditar nos avisos de sua mãe, que a aconselhou a não se aproximar do rio. Aquele ser esquelético, cabeçudo e sujo de lodo, quase a mordera com seus dentes pontiagudos. Não fosse por um pedaço de remo, com o qual acertou o nariz do monstro, Crispim teria tido sucesso em seu intento.

O menino tentava consolar a jovem quando ambos ouviram gritos vindos da outra margem do rio. Era Mundinho, que procurava por sua namorada desde a noite anterior. Benito esperou que os dois se juntassem novamente e despediu-se do casal.

Retomou seu caminho em direção à padaria, dessa vez com um olho na estrada e o outro no rio. Apressou o passo. Os donos do sítio onde estava hospedado deviam estar impacientes com a demora do pão.

UM PEDAÇO DE CORPO DE QUEM JÁ ESTÁ MORTO

O ARTILHEIRO AJEITOU A BOLA CUIDADOSAMENTE NA MARCA DO PENALTI.TRATOU-A COM CARINHO, COM AMOR ATÉ. GIROU-A PARA QUE O PINO FICASSE NA DIREÇÃO DE SE

O ARTILHEIRO AJEITOU A BOLA

cuidadosamente na marca do pênalti. Tratou-a com carinho, com amor até. Girou-a para que o pino ficasse na direção de seu próprio gol. Se algum ar escapasse, daria um impulso extra ao seu chute. Deu quatro passos para trás. Correu assim que ouviu o apito do vigário. Benito Folgaça fez o gol para o time de camisa verde e abriu o placar. Tropical 1 x 0 Araras.

Benito, de 13 anos, e seu amigo Timóteo, de 15, eram atacantes do Tropical. Ambos chegaram ao Recife há pouco mais de um ano e ao buscar por comida fizeram amizade com dois moleques, filhos de feirantes, que ofereceram a eles um lugar para ficar. Em troca vendiam laranjas, limões e mexericas de segunda a sexta, cada dia em um local diferente da cidade. Logo se enturmaram com a criançada da área e, em pouco tempo, estavam treinando com o time verde.

Elzo, o goleiro do Araras, levantou-se e jogou as luvas de goleiro no chão. Estava irritado não só pelo placar, mas porque teria de buscar a bola na mata atrás do gol. Pegou a lanterna que guardava ao lado da trave e se meteu no mato.

A partida noturna era a primeira do torneio anual de times de pelada da zona central do Recife. Organizado pelo padre Rosantino, o evento reunia toda a garotada do bairro em quatro times. Os jogos eram realizados na pracinha atrás da pequena igreja centenária da região. Não havia cercas nem muros em volta do campinho de terra batida. Uma mata nativa começava atrás de uma das traves. Já a outra era protegida pela própria parede externa do templo. O público ficava nas laterais e criava uma espécie de muro humano que impedia a bola de ser chutada para a rua.

Elzo procurou a bola branca pelo mato. Achou-a ao lado de um arbusto e se abaixou para pegar. Foi quando aconteceu.

POU! Levou um chute no traseiro.

O goleiro estava demorando tanto que os outros jogadores começaram a gritar seu nome, para que voltasse logo. O menino saiu correndo do mato com a bola na mão e os olhos tão arregalados que pareciam chegar antes do dono. Atrás dele, pulando freneticamente vinha uma perna forte e cabeluda. Uma perna sem corpo e com pelos negros que não refletiam nem o brilho das luzes dos postes de rua. Suas unhas eram escuras de tão imundas.

– Desconjuro! É a Perna Cabeluda! – gritou um dos presentes. A criatura alcançou o pobre Elzo e lhe deu uma rasteira. O garoto ralou o queixo e soltou a bola. A perna sentiu a vibração da esfera de couro quicando no chão e correu para dominá-la. Alcançou-a e pisou em cima desafiando os outros jogadores a ir tomá-la. Benito não pensou duas vezes e correu em sua direção. Timóteo tentou cercá-la do outro lado. Três ou quatro outros meninos permaneceram em campo, assim como o padre Rosantino, que quase engoliu o apito com o susto. O resto fugiu correndo.

Benito partiu para cima, mas a perna deu um "chapéu" no garoto. Apesar daquele pedaço de corpo ser grande (pouco mais de um metro e meio de altura), Benito era mais alto e quase alcançou a bola antes de receber uma canelada que o jogou no chão. Tentou se levantar, mas sentiu uma dor que o impediu. Olhou para a própria perna e notou um corte profundo em seu tornozelo direito. Navalhada de unha.

Timóteo correu em direção ao amigo, mas foi surpreendido pela Perna Cabeluda que se adiantou e deu-lhe um pisão no pé. O moleque gemeu de dor.

A criatura medonha pulou até o padre e parou na sua frente. Enquanto o pároco rezava um "Pai Nosso", o monstro preparou o chute e acertou uma bomba no estômago de Rosantino, que caiu para trás, quase sem respirar.

As outras crianças, que até então corajosamente observavam a cena de dentro do campo, correram para casa. A perna zombeteira parecia se deliciar da confusão que aprontou e ficou pulando de um lado para o outro do campo, carregando a bola no peito do pé. Quando a polícia chegou, ela já tinha "dado no pé", com bola e tudo para dentro do mato. Ninguém mais a viu naquela noite.

Benito foi levado ao hospital. Perdeu muito sangue. Quase morreu. Felizmente o ferimento foi tratado a tempo e, apesar do torneio ter sido cancelado, conseguiram que a prefeitura cercasse o campinho, impedindo assim que a Perna Cabeluda pudesse atrapalhar a próxima partida.

SÓ MORRIA QUEM NÃO SORRIA

BENITO PUL-
GAÇA ESTAVA
NERVOSO. AFI
NAL NÃO ERA
TODO DIA QUE
ELE PRECISA
VA PEDIR UMA
MENINA EM NA
MORO PARA
O PAI DELA.
MARIA DE
LOURDES ERA
FILHA DE SEU

BENITO FOLGAÇA ESTAVA NER-

voso. Afinal não era todo dia que ele precisava pedir uma menina em namoro para o pai dela. Maria de Lurdes era filha de seu Custódio, o português da feira onde o rapaz trabalhava desde que chegou ao Recife. O namoro começou discreto. Uma troca de olhares, uma conversa sobre determinada fruta. Uma ajuda para carregar caixotes mais pesados. Quando se deram conta, estavam apaixonados.

Agora ele estava ali, sentado no sofá de couro cinza da sala de estar, esperando seu Custódio terminar de falar ao telefone. Lurdinha estava na cozinha com a mãe preparando o café. Enquanto aguardava o futuro sogro, o rapaz de 18 anos resolveu folhear o jornal que estava largado em cima da mesinha de centro. Logo na primeira página, a manchete:

Foi encontrada a terceira vítima do serial killer que vem aterrorizando a cidade do Recife. A polícia não teve dificuldades em relacionar esse crime aos anteriores, pois o corpo apresentava as mesmas características que os dois primeiros, incluindo o sorriso pintado com batom no rosto.

Suspeita-se que a arma do crime tenha sido uma pedra, já que a causa da morte foi uma forte pancada no alto da cabeça.

Custódio chegou à sala interrompendo sua leitura. O pai de Lurdinha não era um homem de meias palavras. Ele se aproximou, encarou o pretenso genro e foi logo perguntando se Benito tinha condições de sustentar sua filha e dar a ela tudo o que ela merecia. O rapaz engasgou-se com a pergunta direta e começou a rir. Tentou desesperadamente parar, mas não conseguiu. Era só olhar a cara do futuro sogro que gargalhava. Lurdinha ouviu as risadas e veio correndo da cozinha. Assim que chegou à sala, viu o pai saindo de casa e batendo a porta. Só então Benito conseguiu parar de rir. Quando perguntado sobre o porquê do deboche, o namorado respondeu que sempre ria quando estava nervoso. A moça então pediu que fosse embora e se acalmasse. Ela falaria com o pai e tentaria remarcar o encontro para a próxima semana.

Benito, tomado pela frustração, precisava espairecer. Pegou o caminho mais longo para casa e passou pela praia. A noite estava escura e mal iluminada pela lua de quarto minguante. Algumas nuvens no céu indicavam chuva para o dia seguinte. O rapaz estava entretido com os últimos acontecimentos quando um coco caiu ao seu lado. Benito tomou um susto e pulou para trás. Suspirou e olhou para cima a fim de ver a altura do coqueiro. Quando seus olhos abaixaram novamente deu de cara com um palhaço na sua frente. Palhaço mesmo, com cabelo laranja, maquiagem branca, nariz vermelho, colarinho largo, suspensórios, flor na lapela e tudo o que tem direito.

O artista circense apresentou-se como se estivesse em um picadeiro e começou a fazer malabarismo com três cocos que estavam no chão. Um dos cocos caiu em cima da ponta de seu enorme sapato, e o palhaço fingiu fazer uma careta de dor. Benito observou a cena impassível. O palhaço do coqueiro então pegou um coco aberto pela metade, colocou um guarda-chuvinha de papel em cima e ofereceu o "cocotel" para o rapaz. Benito chegou a fazer uma careta para a piada infame. O homem maquiado não desistiu. Pediu que a audiência observasse o francês caminhando pela praia. Benito olhou para os lados mas não viu mais ninguém por ali. Quando voltou os olhos para o palhaço, ele caminhava pelo calçadão da praia com uma baguete embaixo do braço. Pisou em um coco e disse em voz alta:

– Oh, non! Pisei num cocôu!

Tirou o grande sapato, cheirou, fez uma careta e esfregou a sola no coqueiro. Benito continuou paradão. Foi então que o palhaço disse:

– Não vai rir de mim? Por que ninguém ri de mim se até a Lua sorri com minhas piadas? Darei um jeito de fazê-lo rir para sempre.

O palhaço segurou um coco na mão direita enquanto a esquerda retirava um batom vermelho do bolso da casaca colorida. Estava pronto para arremessar o pesado fruto na cabeça de

Benito, quando ele finalmente caiu na gargalhada. O rapaz ria descontroladamente. Um sorriso se formou sob a pesada maquiagem e o agressor largou o coco no chão, satisfeito. Olhou para o céu e notou que a nuvem que cobria o sorriso da Lua tinha finalmente ido embora. Fez então uma reverência para seu público e trepou no coqueiro a fim de continuar seu show para nosso satélite natural. Ele sim, sempre rira de suas piadas.

Benito Folgaça se recompôs e correu o mais rápido que pôde até a delegacia mais próxima. Entrou esbaforido e informou saber onde o *serial killer* estava. Duas viaturas o acompanharam até a praia indicada. Os guardas buscaram o Palhaço do Coqueiro em todas as árvores da região, mas não encontraram nada. No chão havia somente um guarda-chuvinha de papel.

COM OFERENDA NÃO TEM REPRIMENDA

ERA CEDO AINDA QUANDO A ÚLTIMA CAIXA DE LARANJAS FOI ENTREGUE NA MERCEARIA IRMÃOS FRAGOSO. AS RUELAS DE TERRA BATIDA DAQUELA CIDADE DO INTERIOR DE PERNAMB

ERA CEDO AINDA QUANDO A ÚL-

tima caixa de laranjas foi entregue na Mercearia Irmãos Fragoso. As ruelas de terra batida daquela cidade do interior de Pernambuco ainda estavam vazias quando Benito Folgaça voltou para a caminhonete com o pagamento no bolso. O sol começava a esquentar para valer, e se quisessem chegar em casa a tempo de jantar, precisariam se apressar. Timóteo colocou seus óculos escuros e deu a partida no motor. Ao seu lado, Benito e sua namorada, Lurdinha, reclamavam do calor e da falta de ar-condicionado no veículo.

Algumas horas depois, já a meio caminho do Recife, Timóteo encostou a caminhonete em um posto de gasolina para que os três almoçassem. O dinheiro que tinham mal dava para comprar água e três bolinhos de mel. Foram atendidos pelo dono do posto, que generosamente lhes cedeu um cacho de bananas.

– É para a menina bonita não passar fome – disse.

O lugar era realmente isolado. Fora o postinho não havia mais nada. Só mata de caatinga por todo o lado. Enquanto descascava uma banana, Timóteo notou um preá do outro lado da estrada, perto de um arbusto tortuoso, de aspecto seco e esbranquiçado. O rapaz mostrou o pequeno roedor a Benito e sugeriu caçá-lo para assar e completar o almoço com um pouco de carne. Felizmente havia uma rede de pesca na caçamba do caminhão. Prepararam a fogueira, e Lurdinha foi pedir fósforos emprestados para o dono do posto. Voltou com o velho, que veio apressado com uma expressão assustada.

– Se vocês forem caçar, devem antes fazer uma oferenda para a Comadre Fulozinha.

Segundo o dono do posto, a Comadre Fulozinha era uma cabocla danada e zombeteira que guardava a mata contra caçadores e predadores da natureza. Para poder entrar e apanhar algum bicho, era necessário oferecer fumo, mel ou mingau de massa de mandioca. Se isso não fosse feito, a comadre se vingaria, seja açoitando a vítima e enrolando sua língua, seja confundindo-a para que se perdesse na mata.

Os três se entreolharam. Benito, que não tinha fumo nem mingau, sugeriu oferecer os bolinhos de mel que haviam comprado. Separou então o seu bolinho, mais o de Timóteo. O de Lurdinha não precisaria. Não havia nada que ele não fizesse pela namorada, e privá-la daquele regalo não parecia ser cavalheiresco.

Os doces foram colocados na sombra de um juazeiro, perto de onde viram o animal. Benito e Timóteo entraram em seguida naquela mata. O preá não estava mais por ali, então andaram mais uns 50, 100, 200 metros caatinga adentro.

Em volta deles havia juazeiros, arbustos espinhentos, várias espécies de cactos (mandacarus, xique-xiques e outros), mas nada de preás. Chegaram a ver calangos, um bando de ararinhas azuis no topo de um umbuzeiro e até um sapo-cururu. Se afastaram mais ainda da estrada. Finalmente avistaram um grupo de preás, próximos a um imenso pedregulho. Benito ficou com a rede e deu uma volta por trás dos animais, para que ficassem entre ele e Timóteo. O amigo afugentou os roedores, que correram em direção à armadilha. A rede foi jogada. Pegaram três preás.

– Legal. Como são miúdos, um para cada um vai estar bom.

Timóteo rapidamente agarrou um preá que estava quase escapando da rede e pôs-se a caminho do posto. Benito ficou um pouco para trás. Precisava urinar. Depois que terminou, dobrou a rede com os outros dois bichos presos e jogou-a por cima do ombro direito. Apertou o passo para ver se alcançava o amigo. Ao passar pelo pedregulho sentiu um delicioso cheiro de flores. Olhou para o alto e viu uma mulher linda e baixinha, com olhos escuros e brilhantes e longos cabelos negros decorados com flores perfumadas. Enrolado em sua cinta, um açoite comprido. A figura pulou da pedra, deu um mortal no ar e pousou em frente ao rapaz com as mãos na cintura.

– Onde vosmicê pensa que vai? – perguntou com desdém.

Benito tentou chamar Timóteo, mas ele já estava longe e não ouviu. A Comadre Fulozinha explicou calmamente que eles deixaram somente dois bolinhos de mel, portanto não poderiam sair com três preás. O rapaz protestou dizendo que sua namorada não teria o que comer, e a protetora da mata sugeriu que ele dividisse seu preá com ela. Benito olhou a mulher de cima a baixo e respondeu que ela não era dona de tudo. A natureza é de todos e eles tinham fome. Bateu no peito e disse que tinha seus direitos e que não pretendia devolver o preá. Dito isso, virou as costas e começou a voltar para os lados do postinho. A Comadre Fulozinha desenrolou seu açoite e levantou-o, estalando a ponta e rasgando a rede que o rapaz carregava. Os dois preás caíram ao chão e fugiram.

Benito ficou furioso ao ver seu almoço correr para longe. O rapaz olhou para a Comadre e partiu para cima dela, na tentativa de agarrar seu açoite e assim impedir que ela estragasse sua rede novamente. A mulher riu e correu. A danada era ágil, rápida. Toda vez que Benito pensava que a tivesse perdido, ela dava um assobio e lá ia ele correndo atrás. Quando não era o assobio, era o cheiro das flores que o atraía. Isso durou mais de uma hora. Finalmente cansou e olhou em volta. Estava perdido. Não sabia mais como voltar. Tentou gritar, mas, estranhamente, sua língua estava enrolada e só conseguiu emitir grunhidos.

Três dias se passaram. Benito estava cansado, faminto, sedento, machucado, arranhado por cactos e emocionalmente esgotado. Para piorar as coisas, ao sentar em uma pedra foi picado por uma cascavel, que a tinha como morada. Desmaiou e bateu a cabeça.

Um ano se passou desde então. Benito acordou em um leito de hospital de uma cidade muito longe da sua. Aparentemente foi salvo por um observador de pássaros que o levou para lá. Benito Folgaça mal respirava quando foi encontrado. A batida na cabeça e o avanço do veneno em seu organismo, aliado à desnutrição, o colocaram em coma profundo. Família e amigos não foram contatados, pois não havia nenhuma identificação com o rapaz.

Um dia depois de sair do coma, Benito já recebia as visitas de Timóteo e Lurdinha. Os dois explicaram que procuraram o amigo por mais de uma semana, mas nada encontraram. Todos o julgaram morto.

Em meio às explicações, Benito notou duas alianças nos dedos anelares direitos de seus amigos. Perguntou o que era aquilo e, para sua surpresa, ficou sabendo que ambos estavam noivos e com o casamento marcado para dali a sessenta dias. Lurdinha contou que os dois se aproximaram muito depois da tragédia e acabaram se apaixonando. O ex-namorado não ouviu mais nada. Emudeceu. No final da visita, Timóteo se ofereceu para buscá-lo na manhã seguinte, quando teria alta.

Nunca mais o viram. Benito Folgaça não pretendia voltar para Pernambuco.

UM SER VIOLENTO QUE CHEGA COM O VENTO

O MENINO O
LHOU PARA O
HOMEM SUJO
E BARBADO E
DEU-LHE O SOR
VETE DE MO
RANGO. BEM
QUE O SUJEI
TO TENTOU NE
GAR, MAS A
FOME ERA TÃO
GRANDE QUE
NÃO CONSE

O MENINO OLHOU PARA O HOMEM

sujo e barbado e deu-lhe o sorvete de morango. Bem que o sujeito tentou negar, mas a fome era tão grande que não conseguiu. Luquinha tinha 9 anos na época. Seu pai viu a cena de longe e correu para afastar o filho do mendigo.

– Não se aproxime do meu garoto! – gritou ferozmente. As artérias de sua garganta pareciam querer explodir.

O menino foi levado pelo pai, que lhe prometeu um tremendo castigo se voltasse a falar com aquele vagabundo. Antes de sumir de vista, porém, Luquinha ainda se virou e sorriu.

O pai se chamava Firmino da Conceição, vice-prefeito da cidade e grande industrial, dono do maior abatedouro daquelas bandas do Ceará. Duro com os adversários, mas um pai amoroso e frequentador da missa dominical, Firmino tinha pressa de chegar em casa naquela tarde. O prefeito tinha marcado uma reunião com as lideranças do município para discutir um tema delicadíssimo. Os rumores a respeito de um monstro terrível se espalhavam e se tornavam relatos. A população estava assustada, e poucos saíam de casa depois que a

Lua dava as caras. O comércio noturno estava entrando em colapso, bares e restaurantes ameaçavam fechar as portas. Firmino deixou o filho em casa e saiu para seu compromisso.

Enquanto a babá assistia à novela na sala de estar, Luquinha cantarolava e brincava com um pianinho de pilhas em seu quarto. Seu pai estava demorando, e o menino não queria dormir sem o beijo de boa noite. Ao final da última música, ouviu latidos do lado de fora de casa e abriu uma frestinha da janela para ver o que era.

ZÁS!

Uma enorme ventania escancarou a janela, batendo-a contra a parede interna. Antes que Luquinha se recuperasse do susto, dois braços peludos surgiram no vão e agarraram o menino, puxando-o para fora de casa. A criatura tinha um olho no meio da testa, mãos compridas, pés redondos e presas de elefante que saíam de sua boca. Luquinha gritava e espernava, mas não conseguia se libertar. Acabou levando uma cacetada na cabeça e apagou. A babá ouviu os gritos, veio à janela e gritou:

– É o Labatut!

O bicho sumiu com o menino na escuridão. O pai ficou sabendo do ocorrido e deixou a reunião correndo. Estava desesperado com a tragédia. Tentou organizar uma busca pelo filho, mas poucos se apresentaram para ajudar. Apesar dos esforços, já era tarde e ninguém sabia qual a direção que o Labatut tinha tomado.

O garoto acordou algumas horas depois. Como estava muito escuro, ele tateou o chão e as paredes de seu cárcere na esperança de encontrar algo que o ajudasse a escapar dali. Felizmente o Labatut não estava. Olhou para cima e viu a lua. O lugar era um poço abandonado, situado a alguns quilômetros de sua casa. Depois que os olhos se acostumaram ao breu, notou ossos no chão. Mais adiante, outro menino, tão assustado quanto ele. Descobriu ser Dedé, o filho do proprietário da loja de aluguel de carros da cidade. Aquele era o local onde o bicho se alimentava. Decerto a criatura saiu para buscar outras vítimas e logo voltaria para devorar todos.

Os dois meninos resolveram tentar fugir. O poço era fundo e as paredes escorregadias. Tentaram de tudo. Luquinha experimentou levantar Dedé, mas não conseguiu. Apelaram para a última solução: gritar o mais alto que seus pulmões infantis permitiam.

– Socorro! Tem alguém aí?

Uma cabeça surgiu no topo do poço. Luquinha rapidamente reconheceu o mendigo para quem deu seu picolé, naquele mesmo dia. O sujeito se apresentou. Seu nome era Benito Folgaça. O homem pediu que os dois parassem de gritar e jogou uma corda. Enquanto subiam, contou-lhes como chegou ali. Benito viu quando o Labatut capturou o menino e resolver pegar a bicicleta do padeiro "emprestada" para segui-los. Não perderam tempo, e instantes depois já estavam a caminho da cidade. Luquinha sentou no guidão enquanto Dedé foi no banco do carona, em cima da roda traseira. Por pouco não deram de cara com o Labatut, que voltou cheio de fome e mãos vazias.

A comoção foi grande quando chegaram: o prefeito de joelhos, o padre de olhos vermelhos e Firmino com um milhão. Benito ganhou também um carro usado do pai de Dedé. Não era lá muito novo, mas sem dúvida melhor do que dormir na praça.

Com a localização do esconderijo do Labatut revelada, o prefeito juntou um grande grupo de gente armada para acompanhá-lo até a toca do bicho. Benito não ficou para esperar o resultado da caçada. Guardou o dinheiro num saco, entrou no carro e partiu.

QUE OBRA É ESSA? UMA É BOA, E A OUTRA É MÁ À BEÇA

A FESTA ESTAVA BOA DEMAIS. ERA CADA MENINA MAIS BONITA DO QUE A OUTRA, BENITO FICOU PERDIDO SEM SABER QUEM CONVIDAR PARA DANÇAR. ACA

A FESTA ESTAVA BOA DEMAIS.

Era cada menina mais bonita do que a outra, Benito ficou perdido sem saber quem convidar para dançar. Acabou se aproximando de uma linda morena de vestido branco que ele soube depois se chamar Maria Caninana.

A moça não tirava os olhos dele, e o rapaz, que não era bobo, percebeu. No entanto, antes de trocar qualquer palavra, foi puxado por um homem, também de roupa branca, que perguntou se o carro estacionado na esquina era seu. E era.

Desde que chegou à cidade de Cametá, no Pará, Benito Folgaça fez poucos amigos. Não pretendia fazê-los, até porque tinha planos de seguir viagem. Morar um pouco em cada lugar até o momento de fincar as raízes. Mas depois de trinta minutos conversando com Honorato, era esse o nome do homem de branco, teve a certeza de ter achado um amigo para toda a vida. Honorato era gentil, solícito, generoso e irmão de Maria. Conversaram sobre tudo. Desde o carro, um modelo antigo e possante, até a mulher por quem Benito se sentira atraído.

Felizmente, antes que se empolgasse demais, seu novo amigo o alertou a respeito das falsas virtudes da moça.

Maria era cheia de maldade. Ela gostava de insuflar ciúmes, causar inveja, fazer fofoca e maltratar aqueles que precisavam de ajuda. Quem se aproximava dela sempre saía machucado. Isso se tivesse sorte. Benito olhava para a moça quase sem acreditar. Como podia? Uma menina tão meiga. Tão bonita.

Honorato disse mais. Puxou Benito para um canto e perguntou se poderia confiar nele.

– Claro que pode – respondeu sem pestanejar. Foi então que ele contou seu segredo. Sua mãe era de uma tribo indígena da Amazônia. Diz-se que ela engravidou da Boiúna, uma cobra grande da região, e que teve dois filhos gêmeos nas margens do Cachoeiri, entre os rios Amazonas e Trombetas.

– Até aqui tudo bem – disse. – O problema veio depois. As crianças nasceram cobras e não gente. Ainda assim a índia resolveu dar-lhes nomes cristãos, chamando um de Honorato e a outra de Maria Caninana.

Benito segurou-se para não rir daquela história absurda. Disfarçou bem e continuou ouvindo o amigo.

O povo os chamava de Cobra Norato e Cobra Caninana. As duas passavam o dia se banhando e aquecendo suas negras e brilhosas escamas ao sol. Brincavam mergulhando nas marolas dos rios e igarapés. No começo tudo era lindo, realmente um espetáculo bonito de se ver. No entanto, Maria, que já era arteira, começou a praticar maldades. Primeiro foi um bote virado. Depois alguns peixes mortos. No final, ninguém mais segurava Caninana. Sua violência ficou fora de controle. Sua sede de sangue era voraz. Pescadores e mariscadores foram mortos, barcos cheios de gente eram afundados e seus náufragos atacados. Não se podia mais lavar roupas no rio, nem nadar nas margens. Por outro lado, a bondosa Cobra Norato tentava compensar as maldades da irmã. Ela salvava gente de morrer afogada e ajudava peixes e homens.

– E como a cobra vira homem? – perguntou Benito.

Sempre que a aracuã deixava de cantar e as estrelas perfuravam o negro manto celestial, a Cobra Norato arrastava-se para fora do rio e deitava-se em um barranco à margem deste. O réptil sacudia-se e, em seguida, o homem Honorato saia vestido de branco pela boca da enorme cobra, deixando seu couro monstruoso na areia. Depois andava até a cidade para conversar, beber e dançar nas festas. Assim ficava até o primeiro cantar do galo, quando então voltava para o barranco e metia-se de novo no couro negro da Cobra Norato, mergulhando nas águas do rio.

Benito ouvia tudo atentamente. Apesar de ter a mente aberta às coisas fantásticas que a vida apresentava, ainda não estava pronto para ouvir o que Honorato pediu que ele fizesse.

Existia uma forma de fazer com que Norato virasse homem para sempre. Para isso, um amigo teria de ir até o rio e encontrar a cobra dormindo, como se estivesse morta. Deveria então pingar três gotas de leite de mulher grávida em sua boca e logo em seguida dar uma cutilada em sua cabeça com o ferro ou aço de uma ferramenta nunca usada. A cobra então fecharia a boca e três gotas de sangue surgiriam da ferida aberta pelo metal. Depois disso, Honorato sairia da cobra pela última vez. Benito ficou aparvalhado. Seu amigo perguntou se ele poderia fazer esse favor, logo no dia seguinte pela manhã. Deu as dicas de como conseguir uma mamadeira com resto de leite humano e um machado de aço virgem. Explicou então que planejava dormir até o meio-dia e contou onde tinha deixado o couro, em uma margem do rio Tocantins. Benito aceitou ajudar, apesar de um tanto incrédulo e assustado.

O galo cantou, e os amigos se despediram. Benito tratou de buscar o material necessário e seguiu para o rio. Ao chegar à margem enlameada do Tocantins, notou a enorme e feia cobra reluzente deitada no barranco. Ele quase não acreditou no que viu, até notar as pegadas do sapato de Honorato marcadas na areia molhada ao lado da boca do animal. Era a hora. Ajoelhou-se e pingou três gotas de leite na boca da criatura. Levantou-se e ergueu o machado por cima da cabeça. Segundos antes de dar a cutilada, outra enorme cobra negra surgiu do fundo do rio e deu-lhe uma rasteira. Benito dobrou os joelhos e caiu, soltando o machado que acabou afundando no Tocantins.

Era Maria Caninana. O gigantesco e asqueroso réptil enrolou sua cauda nas pernas de Benito e arrastou-o para o rio. O rapaz gritou antes de mergulhar nas águas geladas. A Cobra Norato abriu os olhos e virou a cabeça em direção ao amigo que

estava para ser afogado pela irmã. Rastejou e nadou em direção ao seu nêmesis e cravou suas presas na altura do pescoço da rival. Caninana soltou Benito e ambas as cobras se engalfinharam, afundando no Tocantins. Um imenso redemoinho se formou nas águas, antes serenas. Benito esperou por quase uma hora, mas nenhuma das cobras voltou à superfície.

O rapaz ainda permaneceu na cidade por algumas semanas, na expectativa de rever o amigo que lhe salvara a vida, mas Honorato não apareceu mais. Ao final de um mês, Benito enfiou-se no carro e deixou a cidade.

QUEM É TRAVESSO PAGA UM ALTO PREÇO

BENITO FUL-
GAÇA ESTAVA
DIRIGINDO HÁ
MAIS DE OITO
HORAS SEM
PARAR. NA RO-
DOVIA BELEM-
-BRASILIA, A
CAMINHO DE
SÃO PAULO,
QUANDO O QUE
PARECIA SER
UM PEQUENO

BENITO FOLGAÇA ESTAVA DIRI-

gindo há mais de oito horas sem parar na Rodovia Belém-
-Brasília, a caminho de São Paulo, quando o que parecia ser
um pequeno animal escuro, que ele não soube identificar, atravessou a estrada na frente do seu carro. Após tanto tempo
atrás do volante, seus reflexos estavam perigosamente lentos,
e o rapaz acabou derrapando. O resultado foi um pneu furado.
"Dos males o menor", pensou. Benito colocou o estepe e partiu
em busca de uma borracharia. Acabou encontrando uma nos
fundos de um posto de gasolina.

O estrago foi arrumado, e Benito aproveitou para fazer
uma boquinha na lanchonete do local. A lua estava alta quando o rapaz voltou para o carro. Os bocejos eram frequentes e o
sono já incomodava. Espalhados pelo estacionamento do posto, vários caminhoneiros dormiam em suas cabines. Havia
uma fileira de caminhões com cargas de todos os tipos. O primeiro transportava madeira, o segundo levava garrafões de
água, o terceiro estava cheio de botijões de gás, o quarto estava
carregado de gradis com galinhas, e por aí vai. Benito resolveu

deitar o banco do carro e descansar um pouco os olhos antes de prosseguir viagem.

Acordou quando o primeiro raio de sol bateu-lhe no rosto. Não conseguiu dormir direito. As malditas galinhas o perturbaram a noite inteira. Um verdadeiro inferno galináceo. Diversas vezes acordou com o barulho. No meio da noite chegou a pensar ter visto um moleque pretinho de olhos brilhantes em cima do caminhão da granja. Sacudiu a cabeça e olhou novamente, mas depois não enxergou mais nada. Devia ter sido um sonho.

Benito saiu do carro e foi até o banheiro do posto para se refrescar. Depois encaminhou-se à lanchonete para o desjejum. Assim que entrou no lugar, ouviu um bafafá danado. Vários caminhoneiros estavam reclamando de danos em seus veículos e em suas cargas.

– Não é possível que ninguém tenha visto nada! – exclamaram.

Benito soube então que os garrafões de água foram furados, que as toras de madeira foram desamarradas, os lacres de vários botijões foram abertos e que as galinhas tiveram suas penas arrancadas e seus ovos esmagados. Alguns dos espelhos retrovisores estavam estilhaçados, e todos tiveram seus tanques cheios de areia.

Benito lembrou do moleque em cima do caminhão da granja e contou o fato aos outros. Desculpou-se por não ter dado o alarme, mas explicou que achou ter sonhado.

– Isso é estripulia do disgramado do Romãozinho – comunicou o dono da lanchonete. Todos olharam para ele. Quem era o Romãozinho?

Seu Terêncio, o dono do lugar, contou a história do moleque. Há duzentos anos vivia ali na região uma família de lavradores, pai, mãe e filho, que tiravam o sustento da terra. O menino, Romãozinho, era muito malcriado. Desde pequeno já demonstrava desvios de caráter. Sua diversão era destruir as plantas do jardim de sua mãe e maltratar os animais do pequeno sítio que possuíam. O pai saía cedo para a roça e, todo dia na hora do almoço, a mulher pedia que o filho levasse a comida para ele. Romãozinho ia contrariado, com raiva da mãe por forçá-lo a executar tais tarefas. Um dia o menino decidiu se vingar e comeu a galinha que sua mãe preparara com todo capricho para o marido. Quando o pobre trabalhador abriu seu farnel, viu que ali só havia ossos e perguntou para o filho se ele estava fazendo alguma brincadeira de mau gosto. O menino de 14 anos respondeu que sua mãe tinha guardado a comida para o homem que a visitava diariamente enquanto o pai estava na labuta. Com os olhos chispando de raiva, largou a enxada, correu até a casa e matou a mulher com uma peixeira. Enquanto ela agonizava no chão, ao ver o filho disfarçar um sorriso, percebeu o truque e rogou-lhe uma praga. Daquele dia em diante, Romãozinho não poderia mais morrer nem descansar. Havendo viva alma na Terra, ele não conheceria nem o céu nem o inferno.

O marido, assim que viu que foi enganado, acabou morrendo de arrependimento.

O menino endiabrado não cresceu mais. Ele vive por aí jogando pedras em telhas, assustando as pessoas, torturando galinhas, apagando o fogo de cozinhas, jogando areia em panelas, levantando a saia das moças, cimentando fechaduras, tocando sinos de igrejas e praticando um monte de traquinices.

Terminado o café, Benito voltou para seu carro. Estava na hora de pegar a estrada. Ao girar a chave, o carro engasgou. Percebeu então que seu tanque de gasolina também estava cheio de areia. A fila de caminhões no mecânico era grande. Quando finalmente conseguiu sair, já era quase noite novamente. Ao olhar uma última vez para o posto pelo retrovisor, viu o menino pretinho de olhos brilhantes surgir por trás de uma moita e dar uma risadinha maquiavélica.

VACILE UM SEGUNDO E TE LEVO PRO FUNDO

AH, A PRAIA! TUDO O QUE BENITO FOL GAÇA QUERIA, DEPOIS DA LONGA VIA GEM QUE O TROUXE DO NORTE DO PA ÍS, ERA DEI TAR SOBRE UMA TOALHA

AH, A PRAIA! TUDO O QUE BENITO

Folgaça queria, depois da longa viagem que o trouxe do norte do país, era deitar sobre uma toalha em uma praia deserta e olhar as ondas do mar costurando na areia. Após três dias em um hotel de quinta no centro de São Vicente, cidade litorânea no estado de São Paulo, descobriu Itaquitanduva, ponto conhecido do surfe paulista. Não foi fácil chegar. Depois de quarenta minutos de caminhada, atrás do morro do Xixová e embaixo do Pico do Itaipu, podia-se encontrar uma bela praia de seus trezentos metros de extensão. O local, de difícil acesso, era pouquíssimo frequentado. Naquele dia, além de Benito, somente dois surfistas enfrentaram o percurso e se aventuraram na água atrás de ondas perfeitas. O primeiro usava uma prancha vermelha e devia ter por volta de 40 anos. O segundo, de prancha amarela, era bem mais novo. Talvez tivesse uns 15 anos de idade.

    Benito contemplava a bela natureza da região e admirava as manobras que os dois desportistas habilmente desenvolviam. Taí uma coisa que ele gostaria de praticar, embora para isso tivesse de se estabelecer em algum lugar. Sua alma cigana teria de ser domada, pelo menos enquanto aprendesse a arte de deslizar sobre as ondas em cima de uma prancha de poliuretano coberta de fibra de vidro e resina. Talvez aquela fosse a cidade perfeita. Talvez aquela fosse a sua praia.

Ouviu o primeiro grito. Colocou a mão sobre os olhos para se proteger do sol ofuscante e enxergar o que acontecia na água. Veio o segundo grito. Um dos surfistas, o da prancha vermelha, lutava contra o que parecia ser um tubarão. Benito correu para o mar e nadou em direção ao menino com a prancha amarela. Sua consciência sussurrava que era preciso antes salvar a criança e depois o surfista veterano. O jovem estava atônito, sentado em cima da prancha olhando em direção ao amigo. Quando Benito chegou perto, o menino gritou algo desconexo e apontou para o colega. Não era um tubarão contra qual o outro estava lutando. O animal que os atacava era muito maior. Devia ter mais de três metros de comprimento. Seu corpo acinzentado e peludo jogou-se para cima da prancha vermelha, derrubando o surfista mais velho no mar. Seu rosto era humano, apesar do corpo roliço de foca e das nadadeiras em formato de mãos. Os dentes pontiagudos arranhavam a pele do homem, que se esquivava das mordidas.

Benito convenceu o garoto a nadar para a areia e partiu na direção do outro surfista para tentar ajudá-lo. O monstro havia mergulhado, na certa se preparando para dar outro bote na vítima aterrorizada. Sua prancha fora partida em duas e seu dono continuava preso ao estrepe, o que dificultava seus movimentos. O rapaz tentou alcançar o calcanhar do outro, para libertá-lo da corda, mas o monstro peludo apareceu do fundo e separou os dois com uma pancada forte. Benito rapidamente se recompôs. Antes que a criatura se jogasse em cima do homem ferido, ele segurou firme a parte da frente da prancha e fincou sua ponta na nuca do animal. Este então soltou um grito horrendo e mergulhou novamente, sumindo nas águas turvas da arrebentação. Benito conseguiu libertar o surfista veterano e nadou com ele até a praia, onde o menino os esperava atônito. Os três sentaram na areia para respirar e tentar adivinhar o que tinha acontecido. Fizeram um torniquete no ferimento para estancar o sangue. Benito, Josias, o mais velho, e Tino, o garoto, voltaram para a cidade e foram direto para um hospital. No mesmo dia prestaram depoimento para a polícia.

Na manhã seguinte o jornal anunciava que o Ipupiara, ser folclórico brasileiro, voltara à região depois de centenas de anos. De acordo com o anunciado em 1575, em uma crônica de Pero de Magalhães Gândavo, seu último aparecimento fora em 1564.

A ideia de viver sobre as ondas ainda mexia com a cabeça de Benito. Além disso, o moço tomou as dores dos surfistas e voltou para a praia, dessa vez armado com uma peixeira de boa pegada, amarrada no pulso para que o mar não a levasse, e uma prancha monoquilha branca, que permutou com um repórter surfista em troca da história em primeira mão. O mar vazio contrastava com a areia lotada de jornalistas do país inteiro. Todos posicionados para a melhor foto.

Benito entrou no mar com remadas vigorosas. As ondas pequenas e médias eram perfeitas para iniciantes. O rapaz tomou impulso e furou a primeira série com facilidade. Os *flashes* pipocavam da areia. Alguns já imaginavam a manchete terrível do dia seguinte. Dedos tremiam ao regular o foco das máquinas. "Se o monstro devorá-lo, quero ser o primeiro a fotografar", deviam pensar.

Benito Folgaça já havia ultrapassado a arrebentação e segurava sua peixeira com firmeza. A prudência o aconselhou a recolher os pés da água, e ele tentava se equilibrar, sentado de pernas cruzadas sobre a prancha. Quando uma onda se formava entre o surfista e a areia, ela encobria Benito, ocultando-o por alguns segundos de quem estava na praia. Foi em um desses momentos que o bicho atacou.

O danado veio reto de baixo, derrubando o surfista. Quando o rapaz voltou à tona, deu de cara com o Ipupiara, que o reconheceu do dia anterior. O monstro fez uma careta e guinchou de raiva, mergulhando novamente, dessa vez com a boca aberta, pronto para lhe arrancar a perna. Benito tratou de subir em sua prancha, mas teve o dedão do pé esquerdo arrancado. Fosse menos rápido teria perdido a perna. Só foi se dar conta disso depois. Na hora a adrenalina encobriu a dor e ele nem notou.

Quando o Ipupiara emergiu novamente, Benito tascou-lhe a peixeira nas costas. O animal contorceu-se, derrubando o

surfista, e voltou lentamente para o fundo, arrastando Benito consigo. Pressentindo o pior, o rapaz desamarrou a fita que prendia o pulso à arma fincada na criatura e nadou para a superfície. Só então a visão dos jornalistas da praia foi desbloqueada.

Benito sentou-se na prancha e ficou olhando para a água, imaginando um terceiro ataque. Passaram-se duas horas e este não veio. "Matei o desgraçado", pensou. Aproveitando a plateia, resolveu impressioná-los pegando a maior onda que viesse (que não seria muito grande, dada as condições do vento). Um final apoteótico para um combate heroico. Ficou em pé na prancha assim que ela veio. Só então notou a falta do dedão e a trilha de sangue que escorria pela resina e misturava-se na espuma branca da onda. O susto fez com que tomasse um caldo vexaminoso. Pior, um caldo que saiu na primeira página de uns três ou quatro jornais de alguns dos recantos mais obscuros do Brasil.

Benito Folgaça desistiu do surfe e do litoral. Pegou seu carro e tomou a direção da capital do estado.

O SANGUE DO IMPRUDENTE ALIVIA O DIA QUENTE

APÓS VINTE E
CINCO ANOS
DE TRABALHO
ÁRDUO EM
SÃO PAULO,
BENITO FOL-
GACA CONSE-
GUIU FORMAR
UMA LINDA FA-
MÍLIA E ANE-
XAR UM BELO
PATRIMÔNIO.
ASSIM QUE

APÓS VINTE E CINCO ANOS DE trabalho árduo em São Paulo, Benito Folgaça conseguiu formar uma linda família e anexar um belo patrimônio. Assim que chegou à cidade, vendeu o carro e juntou o dinheiro com o que restou de suas economias para entrar como sócio em uma barraca de frutas cítricas no mercado central da cidade. Progrediu, comprou a parte do sócio e investiu em novos pontos de venda. O lucro não parava de aumentar, e o homem acabou comprando uma fazenda nas cercanias de Taubaté, onde plantou laranjas, tangerinas e limões de vários tipos. Passou a vender o excesso para mercados das regiões vizinhas. Enriqueceu.

No meio do caminho conheceu Abigail. A moça começou a trabalhar na barraca de Benito quando ele era ainda sócio minoritário. Passou anos escapando de seus galanteios até o dia em que aceitou tomar um café com o chefe. Benito contou-lhe histórias de sua vida e, quando ela se deu conta, estava apaixonada. Em dois anos tiveram Jurandir e Filó, gêmeos bivitelinos.

Certo dia recebeu uma ligação do administrador de sua fazenda, Genaro Linguini, que lhe informou sobre uma terrível praga, que estava afetando os laranjais. Sua ida ao local era mais do que necessária para ajudá-los a identificar o problema. Sendo assim, Benito arrumou suas malas e partiu.

Assim que chegou, Genaro levou o patrão até o laranjal da beira do rio. O cenário era desolador. Três fileiras de árvores estavam secas e mortas. Não havia uma só folha nos galhos e os frutos jaziam apodrecidos no chão. Que maldita praga era aquela que matava uma laranjeira a cada dia? Benito analisou várias árvores afetadas e não chegou a nenhuma conclusão. Ao voltar para a sede da fazenda foi abordado por um velho lavrador que, ao saber do problema, foi visitá-lo.

Feliciano dos Prazeres tinha uma chácara próxima à fazenda e era conhecido por contar causos fantásticos em meio a tardes de bebedeira. Ele falou sobre um homem que viveu há muitos anos na região, décadas antes de Benito comprar o lugar. O sujeito escravizava os empregados, batia na própria mãe, odiava crianças, roubava os vizinhos, maltratava os animais, traía sua mulher e fazia o pior do ruim que alguém pudesse imaginar. Quando ele morreu, nem o céu nem o inferno o aceitaram. A própria terra devolvia seu corpo para a superfície cada vez que era enterrado. Aquilo que antes se chamara Zé Maximiano agora vagava pelo mundo na forma de um corpo ressecado, só pele e ossos. Diz-se que ele se gruda nos troncos das árvores. Devido ao corpo seco e enrugado, semelhante aos troncos nos quais se fixa, fica invisível para quem passa. A criatura suga toda a seiva da planta para aliviar a dor incessante que sente em seu corpo apodrecido e debilitado. Segundo Feliciano, o Corpo Seco pode atacar pessoas, jogando-se em cima delas, quando passam próximas ao galho onde está camuflado. Ele as abraça, chupa seu sangue e depois some por uns tempos.

Benito não sabia se acreditava nas palavras do ancião. Passou-se um quarto de século desde seus últimos encontros folclóricos. Os mistérios das matas da juventude não o assombravam mais. Além disso, era necessário analisar o histórico de Feliciano. Embora não aparentasse estar de fogo, será que, depois de tanto tempo inventando histórias, ele passou a enxergá-las como verdades absolutas? Talvez com isso reconquistasse um prestígio outrora perdido. Benito reclamou da hora. O dia foi cansativo e estava na hora de se recolher. Despediu-se de Feliciano e foi para casa.

Ora bolas. Havia tanto o que fazer. Mandar chamar um especialista em pragas, refazer cálculos e checar o resto da fazenda. Não dava mesmo para gastar tempo com as bobagens de um velho bêbado.

No dia seguinte, Genaro o acordou logo cedo. Um dos empregados da fazenda havia sido encontrado morto perto do pomar doente. Não havia uma gota de sangue no corpo. A polícia foi chamada, mas os investigadores não tinham sequer uma teoria para o caso. Suspeitava-se que a vítima fora atacada por algum animal, mas ninguém sabia dizer qual.

Era muita coincidência. Benito se culpou por não ter dado ouvidos ao velho lavrador e, assim que os policiais se retiraram, mandou alguém chamar o vizinho o mais rápido possível. Folgaça queria saber o que poderia fazer contra o Corpo Seco e como encontrá-lo.

Feliciano chegou um pouco contrariado. Ele não ficou nem um pouco feliz de ter sido quase enxotado na noite anterior, mas como se preocupava com o bem-estar dos empregados da fazenda resolveu ajudar. O velho lavrador contou a Benito que, se batessem no Corpo Seco com uma vara de marmelo benzida, ele fugiria. Disse também que a criatura, apesar de se alimentar do sumo de árvores e plantas, além de sangue, não suporta o contato com água. Fora isso não havia nada mais que ele soubesse. Dessa vez Benito agradeceu a ajuda e ainda ofereceu um dinheiro que Feliciano não aceitou. O velho, porém, saiu de lá feliz e orgulhoso por ter sido útil.

Benito Folgaça mandou chamar o padre e pediu que Genaro arrumasse algumas varas de marmelo. Proibiu, ainda, os empregados de chegarem perto do laranjal próximo ao rio. Horas depois, Benito, Genaro e outros cinco homens já estavam procurando a criatura no laranjal, armados com varas de marmelo benzidas. Contaram 29 árvores secas e mortas. O dono da fazenda perguntou para seu administrador por onde a praga começara. O amigo indicou a primeira árvore da fileira, próxima a um morro coberto de vegetação. Benito então dirigiu-se ao outro lado, em busca da primeira árvore viva, próxima a última árvore morta. Se a planta estivesse seca, não haveria motivo para o Corpo Seco estar grudado a ela. Ele teria de se agarrar a uma árvore viva para poder se "alimentar".

Não foi difícil achar o monstro, agora que sabiam o que procuravam. Localizaram uma laranjeira com o tronco grosso e alguns frutos já no chão. Olhando atentamente, dava para ver um braço cadavérico e enrugado, quase da cor do tronco, abraçado à árvore. Os pés estavam enterrados, próximos às raízes. Assim que o Corpo Seco notou a aproximação do grupo, abriu um olho avermelhado e sem brilho e lançou seu corpo na direção do dono da fazenda, na tentativa de abraçá-lo. Benito esquivou-se a tempo e deu-lhe uma chicotada com a vara de marmelo. O ser repugnante gemeu e se arrastou de volta à árvore. Quando notou Benito levantando a vara novamente, disparou desajeitadamente em direção ao morro, no outro lado do laranjal. Genaro pode vê-lo afastando algumas plantas e se metendo em um buraco escondido.

Tal abrigo nunca fora notado por ninguém. Era lá que o bicho se escondia durante o período de chuvas. Benito rapidamente cercou a entrada com os outros homens, impedindo qualquer fuga do Corpo Seco. Todos empunhavam suas varas de marmelo ameaçadoramente para a entrada da pequena caverna. Estava acabado.

Benito pediu que Genaro e outros três empregados corressem até a fazenda e buscassem algumas pás. A ideia era criar um canal que levasse o rio até a entrada do esconderijo, inundando tudo e selando o monstro lá dentro para sempre.

Uma vez escavado, Benito ordenou que tudo fosse cimentado para que não houvesse o risco de alguma parede do canal desabar e, com isso, interromper o fluxo de água. O trabalho inteiro levou quinze dias para ser finalizado. Homens ficaram de guarda, se revezando com as varas benzidas em punho. Depois de tudo seco, abriram a barragem na beira do rio e a água percorreu o canal, criando uma espécie de piscina enlameada na entrada da caverna. Por ali não havia mais saída para o monstro. Enquanto o rio tivesse água, ele estaria preso. É claro, a não ser que existisse outra saída escondida. Mas isso são outros quinhentos.

Quase um mês depois de ter chegado à fazenda, Benito pôde finalmente voltar para sua família em São Paulo. Nunca mais ouviu falar no Corpo Seco.

EPÍLOGO

São esses os encontros que me lembro tal qual ele nos contou. Existem outros, mas terei de perguntar detalhes à minha mãe ou à Filó. Sei que o pai uma vez comentou algo sobre um tal Mapinguari não sei de onde. Quando pequeno, ainda em Minas, ele disse ter visto alguma coisa em Varginha. Havia também uma aventura com um sujeito chamado Papa-figo. Vou assuntar. Quem sabe outro dia eu repasso essas histórias também?

Quanto às pessoas que o velho Benito esbarrou, algumas estão vivas. O primo Uilso, por exemplo, ainda está em Minas. Nunca saiu da velha casa do vovô. A Filó e eu não conhecemos os pais dele. Sabemos que ambos morreram por lá, mas não sei de quê. Do padre Enrico eu não ouvi falar. Mas o padre Rosantino ainda está vivo lá no Recife. Sei porque ele mandou um telegrama de condolências pra mãe. Inaço e Rosa já devem ser defuntos. Acho que a tal fazenda-modelo nem existe mais. Timóteo também faleceu. Lurdinha não. O filho deles se chama Benito, igual ao meu pai. Acho que foi isso que fez com que fizessem as pazes. A mãe fala com ela nas festas de fim de ano. Trocam cartões. Mas ainda morre de ciúmes.

O Lucas da Conceição virou prefeito. Foi isso que o pai disse quando terminou de contar a história do Labatut. O surfista Tino virou amigo da família. Foi ele quem finalmente ensinou o velho a surfar. Meio mal, mas agora não fica feio dizer, né? Quanto ao Genaro e à turma do sítio, eu conheci todos muito bem. Menos o Feliciano, de quem só ouvi falar. Uma figura sem par.

Sobre a morte do papai: o Genaro acredita piamente que ele foi morto pelo Corpo Seco. Disse que a estiagem secou o laguinho que ficava em frente à gruta, libertando a criatura. Ninguém percebeu até ser tarde demais. Argumentei que isso já tinha muitos anos e que ele provavelmente nem estaria mais ali, se é que um dia existiu mesmo. Ou, então, já devia estar morto. O administrador do sítio me olhou como se eu fosse o sujeito mais desligado do mundo. "Como morto? Ele já estava morto! E nem a terra o queria!".

Tá bom. OK. Tudo certo. Por via das dúvidas, não passo mais perto do laranjal.